这些孩子

同行的旅行者与一只鸟

照顾一个活泼的孩子，会让您的幽默感到困惑，使您对自己的悲哀失望，并使自己从所有的工作中解放出来。你无法期待他。黑鸟逐年被窃听，它们的词组不一样；从来没有两个主题相同。不是音调，而是音符会改变。因此，对于孩子来说，不守规矩的方式就不会让您感到烦躁。他们使您失望之后，在另一个地方遇到了您。您以前的经历，您的文档有误。你是一只鸟的同伴。鸟儿会下车并及时逃脱。

例如，没有一个男人能幻想到一个四岁的女孩，她向远房表兄下了一封信，上面写着甜美而难以想象的信息："我希望你喜欢自己的爱娃娃。" 一个小一点的男孩说服他的母亲从高处下来，在地板上陪他玩耍，但明智的做法是，还是要有尊严地观察他，对她说："母亲，要做个女士青蛙。"在这些刻意的作者面前，没有人说过他们的好话。即使是他们自己的孩子（孩子）也没有出现在他们之前。过去，没有一个孩子能像五个孩子的父亲那样得到相同的答复，他们的父亲对这种感觉产生了吸引力，而这种感觉注定会带来不同的，变态的和无法预料的成功。他对写作颇为厌倦，并有心思去圈套她尚未表达出来的同情心。"您知道吗，亲爱的，我一直在努力工作？我努力为您买东西。" 她问道："你在工作吗，去买可爱的布丁呢？" 是的，即使是这些。在她看来，这个主题一定是值得追求的。"您是否正在努力购买脂肪？我不喜欢脂肪。"

然而，同情心仍然存在。梦见一个溜冰者被淹死在肯辛顿圆池中后，这个孩子在晚上被抚慰。她建议她不要忘记一个永无止境的同性恋主题-她的愿望。她说，"你知道吗？" 一百个娃娃和一个哨子！" 她的母亲被这个巨大的数字所困扰，以至于她对这些洋娃娃没有任何提议。但是哨声似乎是可行的。当我参加聚会时，孩子突然有些节制地说道："我要为出租车吹口哨。" 另一个早晨，她洋溢着光芒，"夜幕降临，你听到了很大的声音吗？那是我在哭。我哭了，是因为我梦到杜鹃（一个兄弟）把一只小珠吞进了他的鼻子。"

由于在这个成年世界里，什么都不是-没有，没有女人味，所以无法预见到只有儿童的错误。一位年轻的自负主义者说："我比你有奖。" 一个大一点的孩子说："我最好走了，妈妈，不是吗？" 他在伦敦房屋后面的一个小地方叫"后花园"。一个小动物几乎每天在午餐时间都会发出提醒-在馅饼时间："父亲，我希望你会记得我是地壳的最爱。" 此外，如果一个作者立马发明孩子们在圣诞节在家玩耍时可能会做的幼稚的事情，他几乎不会在没有脚灯的小剧团的装置上点燃，后者没有在地上布置一排长长的蜡烛。-阴影！

"妈妈，没有你，这真是愚蠢无聊，"一个小女孩说，他是温柔的最温柔的人，有着语的戏剧感，她对此毫不掩饰。但她有些话语无法掩饰自己的复分解专长，她对此感到疑惑，并且这是非自愿的："洗手台"，"扫地机"，"缝纫沙米"。热那亚农民讲意大利语时有同样的恶作剧。

孩子们去年忘记得如此之好，以至于如果他们是伦敦人，他们每年都应该对国家或海洋有印象。伦敦的一个小女孩看着机翼上的苍蝇，用食指跟随它，并将其命名为"鸟"。她的哥哥想和一只青铜日本龙虾一起玩，问道："请让我养那只老虎吗？"

有时，孩子们说的单词略有变化，这是最动人的一种新颖性。因此，一个三岁的孩子要您救他。多么感动的单词，又多么新鲜！他听说"节省"了其他有趣的事物，尤其是为了安全起见而购买的巧克力奶油，他问道："谁能拯救我今天？护士出去了，妈妈，你能救我吗？" 另一个常用的相同变体是另一个孩子礼貌地回应传票，以帮助安排一些鲜花，"我很放心。"

一个孩子，这个记录中所记载的事情是昏迷的小作家，最近被带去看一个与她的作者地位有些不同的同伴，因为他除其他外是星期六的审稿人。当他住在她不知道的小镇西南部分时，她饶有兴趣地注意到了附近的商店，因为这些商店可能是她朋友的四分之一商店。"那是他的面包店，那是他的书店。最后，母亲，"她最后甚至更加同情地说道，在糖果店开花的花坛上，被信使的住处苦苦地停了下来，"我想那是他买糖猪的地方。

在所有她初次上街的旅行中，这个孩子都致力于某个任务-一个真正的收藏家的任务。我们都听说过收集蝴蝶，收集中国狗，收集带帽的帽子等。但是她的追求给了她一种快乐，除了在所有商店橱窗上仔细查找专有名称之外，她一无所获。从来没有一个仓库比她的仓库轻。她说："妈妈，我在下个星期一的三周前开始，我已经三十九岁了。""三十九点什么？""铁匠。"

同伴有鸟的旅行者；。

仅仅收集儿童的语言就像是收集了几束鲜花，这些鲜花应该都是唯一的，同类型的。然而，一方面，孩子们同意吗？那就是拒绝报告他们的作者的大多数惯例。例如，他们不说"我是"；他们自然地回答"你是吗？"是"我是"。一个孩子，甜美而整洁地发音，除了主格代词外别无其他。她叫道："举起我，让我下雨。"并告诉我不下雨，继续说道，"抬起我，让我看它没有下雨。"

一位年长的孩子对母亲授权下令她穿的棕色灯芯绒西服根深蒂固。她穿着抗议的衣服，有些不满。同时，很明显，她很高兴听到诗人，她的朋友甜美地歌颂她的赞美。他曾想象过这个孩子是在天堂的教中制造出来的，她柔软的皮肤，灿烂的眼睛和头发的伪装-"棕色的发"。她已经认真地听到了"棕色连衣裙"的字样，并且默默地让诗人怀恨在心，因为她必须穿着卑鄙的灯芯绒作为天意的配饰。不修边幅的耳朵让另一个小女孩转过身来。她有句话要冷落任何听起来不可能的轶事。斯特恩后或多或少地说："那是一个棉羊毛的故事。"

毋庸置疑，单词学习在经过多年的学习之后已经持续了很长时间。这个小孩子现在随机使用了一个当前单词，现在又做了一个新单词，以节省搜索暂停的时间。我当然已经发现，在年龄足够大，能够表现出动机的孩子中，我坚信自己创造的一个单词与另一个单词一样可以很好地交流，并且可以理解。在他们中间甚至有一个普遍的隐性信念，即成年人也会在偶然降临的时候在路边说词。否则，话语应该如此之多，以至于每天都带来前所未有的声音？孩子会惊讶地发现，诗人被他认为属于共同世界的能力和权威被激怒地拒绝了。

带着很小的行李，对树篱的机会充满信心，孩子在讲话途中的出行会感到非常开朗和勇气。他自由了，一个简单的冒险家。他也没有做出任何恶意的努力来发明任何奇怪的，特别是表现力或描述性的东西。这个孩子对听者会非常信任。一个很小的男孩，对他的向日葵一见钟情，就渴望描述它们并称呼它们，却不允许自己检查名字的"夏天集"。这是简单而出乎意料的；姐姐的评论也大了一点。"他为什么称这些花为夏季？" 他们的母亲说；那个女孩，有着幽默和渗透的暗淡灿烂的表情，回答说："因为它们很大。" 在提出了这样一个具有意义的解释之后，似乎没有其他问题可能了。

到后来的生活阶段，当一个小女孩的词汇在某种程度上是随机的，然后逐渐变大时，属于一些勇敢的短语，有可能表达出已被很好地理解的含义-一个私人问题。被问到午餐前吃不定数量的面包的孩子，孩子平均说："我带它们只是为了满足我的饥饿感。" 当她出卖了一个有吸引力的糖果店的关税的熟悉知识时，她被问及她和她的姐妹们是否在去学校的路上经常光顾那些小桌子。她承认："妈妈，我有时会去那里。" "但是我通常在外面猜测。"

孩子们有时会试图用平淡的东西来掩盖一些完全有趣的东西，以至于您不得不打开对话。德莱登做同样的事情，不是讲笑话，而是讲他的崇高观点。但是有时候，孩子故意为自己开玩笑的话对年长者很容易理解。拿一个小女孩给一位母亲的信，似乎让她的家人看到她倾向于对自己的写作感到满意。孩子对最甜蜜的讽刺充满了同志和同性恋的感觉。没必要她写信，她和她的母亲都在家里，但是这些话在她看来一定是值得的。——"我亲爱的母亲，我真的很想知道您如何能为那篇文章感到骄傲？我认为这值得被称为文章。这样的文笔文章。我不能称它为字母。我希望您不要再写这样的常规垃圾。"

这是一个小男孩的话，他钦佩他的小妹妹，并以她的年龄向前进："我希望人们知道她多大了，母亲，然后他们会知道她在前进。他们可以看到她很漂亮，但他们不知道她是一个如此可爱的孩子。"

因此自然而然地不情愿地说话；但是，还有其他一些孩子则对成年人的幽默感潜伏在哪里等着他们晦涩难懂，因此及时背叛了一些意识，并稍稍感到厌恶。这些孩子可能不会很害羞，无法在谈话中进行自我检查，但是他们时不时会听到他们说出自己不太确定的话。一个小女孩的敏感度几乎不足以让她停下来在两个单词之间进行选择，但她却不想把一杯茶带到母亲的写字台上，母亲常常对自己的爱尔兰女仆的弱点感到愤慨。称为"输液"。孩子说："妈妈，恐怕又要冒烟了。" 然后低声窃窃私语："波什对吗，还是洗，妈妈？" 她没有被告知，并毫无疑问地为波什决定了自己。下午的杯子离开了厨房，然后从那里冲进了图书馆。

仲冬儿童

孩子们像花似的，看到他们在冬天盛开，总是有些新鲜的惊喜。它们的温柔，柔软，颜色，饱满感-就像浓密的玫瑰或紧实的葡萄-显得过时了。狂风中的孩子们就像柔软的粉红色玫瑰花一样，充满了牛津街的手推车，在北风中呼吸着南方的平静。孩子在寒冷中比温暖有更好的东西，更不合时宜的东西和更微妙的相反之处；那很酷。在寒冷中保持凉爽，是充满活力的迹象，这与世界的共同状况格格不入。它应该具有一种自然的而非人工的，不同的和独立的气候。

在冬天，我们都可以或多或少地感到温暖-有毛皮，有滑冰，有茶，有火，有睡眠。但是孩子在风中是新鲜的，从梦中醒来，在其他地方都霜冻时会露水。与夏季和冬季相比，他

"更可爱，更节制"。他通过另一种气候，即生活气候，克服了热和冷。但是在一月的暴政中，人生的胜利更加微妙，也更加令人惊讶。从孩子们的视线和感动中，我们沉迷于比水果或花朵更精美的东西，鲜花盛开得不合时宜。幼稚的花朵总是不合时宜的。水果和花朵以后会很常见。草莓当然会很快变成问题，而芦笋则变钝了。但是孩子是永生的。

确切地说，他并非并非总是不合时宜。一年中的几天是他自己的季节-当孩子睡觉并随着太阳升起时，三月或四月的日子不被注意，柔软，新鲜和平等。然后他看起来好像度过了短暂的季节，停了一会儿看起来很奇怪。

难怪我们应该尝试将一年中的时间归因于儿童。他们的相像在一年四季中如此盛行。对于男人和女人，我们自然习惯于更长的节奏；他们的仪表很明显是他们自己的仪表，只有一个节，没有重复，没有更新，没有节制。但是我们正是凭着一种可理解的幻觉，在幼儿的生活中寻求一种快速的打蜡和消退-因为打蜡将在下一次再次出现，而消退的消亡将不会是致命的。但是每个冬天，我们都向我们展示了他们是如何的人，以及他们是什么样的小朝圣者和来客，这些东西看起来像他们的亲戚。因为每个冬天都使他们摆脱东风；比他们的长辈更完美，他们包围了生活的气氛。而且，与他们在一起，生活的气候就是生命的春天；肯定会不断进步的人类行军气候，以及毫不犹豫的人类四月气候。孩子"呼吸并可能" ——内在的四月和他自己的可能。

这个冬天的孩子在这个季节看起来更加美丽，因为他最聪明的叔叔和阿姨看起来不太好。他在东风中是温柔的同性恋。现在，情人比以往任何时候都必须提防，在受人尊敬的女人的美丽与孩子的美丽之间进行比较。他的确确实太警惕了。诗人也是。由于需要对他进行比较，他将坦率地表达出对他的敬意，并将一个女人的脸与一个过于精致，无法模仿的东西进行比较。伊丽莎白的抒情诗人在百合和樱桃，玫瑰，珍珠和雪中十分安全。他承担着美丽的奉承职务，并勇于奉承。赞美中没有隐藏的责备。在一场虚假的战斗中，珍珠和雪遭受了一次模仿失败，这对他们毫无害处，在一场如此不可能的比赛中，对这位女士的美貌也没有造成伤害。她从不戴任何颜色的百合或珊瑚，而且它们的美丽不是她的。但这是个秘密：将她与花朵进行比较是因为她无法忍受与孩子相比。那太接近她了。会有像她一样的人文气息和生活，但是更加可爱。没有颜色，没有表面，没有女人的眼睛曾经与童年的颜色，表面和眼睛相提并论。没有任何诗人冒过遭受失败的风险。为什么，即使没有哪个人应该轻率地通过比较接近她们，这样一个女人足以使她的脸（无论多么受宠）与孩子的脸接近，这是足够的失败。

毋庸置疑，这除了伊丽莎白女王所指的那种光，色彩和表面之美外，别无他物。这暗示了他们的媚是对百合的不利。的确有其他成年美女，但是这些都不使人联想到花园。在此肯定的是，美丽而美丽的女人被广泛地和明智地比作花朵，而这些花朵实在是无法比拟的更美丽，决不能为了她自己的缘故而将其比作总是容易接近的孩子。

除了光和色彩，孩子们还有一种完成时的美感，远远超出了完成后的岁月。这种无用的补充，这种完整性是他们意想不到的优势之一。他们的美丽是他们第一个童年的特殊性，随着岁月的流逝，他们失去了一点点额外的性格和完美的惊喜。例如，花朵消失了。在一些小孩中，整个脸部，尤其是眉毛的生长与头发的生长之间的所有空间，几乎覆盖不到像花一样柔软的感觉。然后看看自己的眉毛。它们的线条与以后的生活一样明确，但是孩子体内细腻的毛发所具有的超细度使头发变得红润。而且，睫毛的长度和卷曲之后又变成什么呢？在成长过程中，有什么会破坏如此迷人的效果？

女王伊丽莎白在画像上绘画时，禁止任何光线"从右边或左边"访问她的脸。她是一个善于观察的女人，喜欢从前面被点燃。它是从右边或左边发出的光线，标志着一张带有细微阴影的老人脸。并且您必须将孩子放在这样的光线下，才能看到婴儿期给他的脸庞带来的抚摸和抚摸。然后即使在脸颊中间红色的最薄和最清晰的皮肤上也会发现绒毛。他的头发也很漂亮，指甲也不比花瓣硬。

一月份返回孩子。这是他奠定梦想的月份。没有人能告诉所有孩子，甚至是大多数孩子都是这样；但是，对于一些充满激情的孩子，时不时会发生一场儿童舞蹈或任何形式的聚会，这种聚会充满了魅力和荣耀，并混有不确定的梦想。从来没有忘记过，但从来没有永远记得的一生，就是这样一个夜晚。当人们早已忘记了许多以后对享乐从未有过的怀疑的愉悦时，那晚，对于所有的怀疑，都无法忘记。几年来，它变得如此遥远，以至于希腊的历史源远流长。在后来的几年中，它仍然令人怀疑，仍然是一个传奇。

这个孩子从来没有问过事实是多少。总是如此之遥，以至于甜蜜的聚会发生了-如果确实发生了。它在过去潜伏着世界所有古代的地方已经占据了很长时间。没有人会知道，没有人能告诉他确切发生了什么。谁能知道（如果确实是一个梦）他是否经常做梦，或者曾经做过一次梦以求的梦？在一个孩子睡着的寂寞生活中，那个可疑的夜晚陷入了反复的幻象中；它错综复杂。它成为所有回忆中最神秘，最不世俗的回忆，属灵的过去。对于这种记忆，愉悦这个词太琐碎了。早已过去的仲冬包含了这种梦想的暗示；毫无疑问，今年的仲冬必须为许多热心幼儿的心脏做准备，比如传奇和古代。对于旧的来说，这仅仅是一个礼物。

那个漂亮的人

在"进化"是最喜欢的单词的许多年里，似乎已经吸取了一个重要的教训，它似乎已经争论不休，而且比所讨论的问题还久，这是一场风暴，它引起了人们的兴趣，但未被注意思想。这是一种处置，一种普遍的同意，是寻找过程的用途和价值，甚至理解进步过程中的一种休养。这是改变的辞职，而不仅仅是辞职-对那些只能因为短暂而无法改变的品质感到高兴。

那么，这到底是什么，但全世界终于对小时候的钦佩呢？那时是童年的时光，但仅仅是出于对成年的承诺。我们现在可能不抱那么高的希望。即使如此，即使我们坚持这一立场，我们也应该承认这种做法是一个拥有自己条件的国家。

但事实并非如此。因为原始的催眠曲只不过是耐心的预言（母亲的），大约200年前的教育也不过是不耐烦的（完全）身心的预言（父亲的）。印度女人为未来的狩猎而歌唱。如果她的歌不躁动，那是因为她对时间的结果有感觉，并且投身于体验。童年是危险的时期；"会做完吗。" 但是，与此同时，正确的做法是使它进入睡眠状态并保护自己的睡眠。会过去的。她为打猎的孩子唱预言，一边旋转一边唱歌有关长袍的歌，而在研玉米时则唱歌有关面包的歌。她的速度很好。

约翰·埃夫林同样渴望，也不那么顺从。他的孩子-杰里米·泰勒的慰问信中的"那个漂亮的人"-对他而言主要是宝贵的，因为他过早地成为了一个他从未活过的男人的模样。父亲在男孩死后泪流满面，对他说："他在二岁半时准确地说出英语，拉丁语和法语，并且能用这三种语言完美地阅读。"在他刚好生活了5年的时候，他所做的一切都在那个很小的年龄完成，并且包括以下内容："他内心几乎掌握了拉丁语和法语原始语和单词的全部词汇，可以使语法混乱，将英语变成拉丁语，并且反之亦然，解释并证明他所读的内容，对亲属，动词，实词，省略号以及许多数字和对白进行政府管理，并在喜剧的""中取得了长足的进步，并对希腊怀有强烈的热情。"

承认这可能会有所减轻，因为一个非常认真的人在描述自己所欣赏的事物时不要过于相信；他钦佩的事实真是令那些匆忙时代充满好奇。一切都很有利，伊芙琳好学的孩子在几年内自然就能完成所有这些事情。事实是，他是出于自然的方式，对伊芙琳如此精妙。自然过程在他眼中没有任何美。它可能是为了结局而承担的，但它的不破坏进程的威严却不为人所钦佩。杰里米·泰勒向他哀悼"一个充满希望的孩子"，他没有喜剧演员的""并且语法不谐，正在实现，如果他们知道，这是一个适当的希望，可以回答一个独特的预言，并且每天加冠并关闭一个单独的期望他五年的时间。

啊！在我们看来，"希望"一词在今天看来对人的地位太讨人喜欢了。他们认为自己的小男孩充满希望，因为他很快就成为了别的东西。他们在专心于希望的时候失去了及时的完美。然而，这是我们自己的现代时代，急于应对！

似乎世界似乎，无论其将要学习什么，都必须正确地学习承认过去和不可挽回的时刻。不要浮出水面，或竞标它，以加速它的工作，也不要招惹它，浮华，"保持，你是如此公平！" 童年只是改变，而同性恋改变了人们的视线，世界近来已转变为改变。

我们的祖先为改变而重视变化。我们重视这一行为。对我们来说，这种变化是永恒的；每个段落都是一个目标，每个目标都是一个段落。时间是平等的；但是其中一些戴着明显的翅膀。

吹捧过。是要花的果实，还是要花的果实，或者是要形成果实的种子的果实，用以遮蔽和容纳？似乎我们的祖先就人类的生活而言最武断地回答了这个问题。

他们所有与儿童有关的文献都着急于这种匆忙，这种压制似乎是唯一的成就时期。他们没有休息的路。这是因为他们有一种幻想，可以在这种不停顿的生活的某个较晚时期获得休息。

伊夫林和他的同时代人，即使不是更早也放弃了"孩子"这个词。当一个可怜的小男孩八岁时，他们称他为青年。这位对话者本人没有理由为自己早年的生活感到骄傲，因为到目前为止，他一直被"尊贵的祖母"所迷住，以至于他四岁之前"一直没有萌芽"。在认真开始拉丁学习之前，他似乎还不到八岁。但是，显然，在以后的几年中，他显然完全没有幽默感，而感到羞愧并且几乎不承认。很难想象当没有人看着时，看到其中的任何乐趣时，童年一定会是什么；当适合五岁的一切都成为缺陷时。这些父亲是他们自己和他们年龄的一个奇怪的好主意。

他们认真对待自己的孩子，毫不惜。没什么可说的。他的日记中有两次是孩子，不是他自己的。有一次，他去参加一个五岁女佣的婚礼，这很奇怪，但显然不是明智之举。他又一次在法国医院待命，而一个不到9岁的年轻人"非常耐心"地接受了可怕的手术。"我的用意是使全能的上帝衷心感谢我没有受到这个可悲的疾病的困扰。"他就是这样说的

此外，还可以看到匆忙的童年时尚在文学中如何盛行，以及它如何废除了小女孩。也许在各个年龄段，甚至所有年龄段，都有几个男孩坚持要孩子。而女孩则对成人的理想服从。例如，艺术没有小女孩。总是有丘比特，还有画家繁华的海胆天使。那个在圣路易斯最后一次圣餐中用手牵着他的弟弟的人。杰罗姆"可能被称为汤米。但是没有"小小的辐射女孩"。时不时地进行"处女教育"，这总是缝纫和阅读的问题。至于小女孩圣人，即使他们还很小，以至于他们的手都像圣女的一样。艾格尼丝被束缚住了，总是被记录为拒绝重要的求婚者，这似乎有必要使中世纪的人们对它们感兴趣，但会对我们不利。

匆匆忙忙地忽略小女孩的童年也一定会妨碍约翰·埃弗林的读者欣赏他最令人钦佩的太太的喜悦。戈多芬。她是查理二世皇后的女王女仆。正如他在讲究的话中所说的那样，她是一个"地峡"，"她穿过所有这些湍急的水域，而在她的身上却没有那么多的污渍或。"她与男人和女仆为仆人保持着状态，遵循着最严格的规则，例如从未与国王讲话，为其他荣誉女仆做出了很好的榜样和指示，"她非常谨慎她拒绝了"最伟大人物"的称呼，并以她的美丽和机智着称。一个

人想忘记她做这些事情的年龄。当她开始服役的时候，她已经十一岁了。当她做出自己的统治，从不与国王讲话时，她还不到十三岁。

结婚是十四岁和十五岁的女儿的生意，因此，女主人公在那个时代。诗人将四月变成五月，似乎认为如果缩短并删节许多歌曲的春天，他们就会为当年增色不少。他们唱的那一年是特别好的一年，因为谁应该说他是个好孩子，并且会向前迈进，两岁时的语法很杂乱，并带有椭圆，数字和斜体。即使到了济慈，诗人也不会忍受四季的变化，而是吹嘘过时的花朵。实际上，"麝香玫瑰"从来都不是他所拥有的那种五月中旬的孩子。

艾迪生的年轻女性将近十四岁。他害怕失去青春绽放的念头，使他对童年绽放的记忆如此动摇。观众中只有17岁的年轻女继承人"在过去六年中"一直将自己视为可结婚的。描述这位迷人先生的人物，舞蹈，机智和长筒袜的著名字母。身材匀称的应该是由一个十三岁的女孩所写的，"愿意尽快生活在这个世界上。"她补充说："我占了很大一部分，他们无法阻止我。"这位通讯员是"在买婚纱之前很少询问建议的妇女之一"。在这个时代，没有童年的感觉，可以认为这是一次适当的欢乐。

但是，对道路和行进路线的不耐烦是从后来的一个世纪消失的-这个时代已经发现所有事物都在旅途中，并且所有事物都在他们的一天中完成，因为那是他们的一天，并且已经结束。正是这种迟钝的信念，而不是一种现成的情绪，最终导致儿童的童年似乎并非是缺陷。

出城

和孩子们一起在上，是用在伦敦家中并不总是很明显的方式和言语使他们感到惊讶。狭窄的住所会导致您听到和偷听。没有什么比小孩子戏剧性的声音更有趣的了。这个孩子是男孩，有着深沉、坚强和超阳刚的音调，步履蹒跚地走着，并给自己起了父亲最高的朋友的名字。语气不仅男子气概；这是一种事态，而且粗心大意；它的目的是建议生意，以及高顶礼帽和烟斗的拥有，在孩子的家庭中被称为他的"官方声音"。一天，它变得比以往任何时候都更加正式，并且比生活更加男性化。并以自己三岁的音调交替出现。在其中，他谦卑地问："如果我调皮，你会让我上天堂吗？你会？"然后他以事务的语气给出了答复，官方的声音非常好："不，小男孩，我不会！" 很明显，这次婴儿没有扮演父亲最高的朋友的性格，而是更加崇高了。他一岁大的妹妹似乎完全喜欢这种情况的幽默感。妈妈，听听他的话。他试图像上帝一样说话。他经常这样做。"

公牛是由一个缺乏想象力的孩子创造的，她喜欢寻找事物的某些原因-一个女孩。她解释说，在采摘黑莓的工作中，"妈妈，那些比较好的都不好，所以我吃了它们。" 由于害怕养狗，这个四岁的小女孩躲避了各种恐惧，掩饰了自己的恐惧，显然她决心下定决心。她会突然唱起一首歌，以转移注意力，使她远离狗的视线，而她会假装转向收拾花朵，而她却看不见它。另一方面，公开显示出对手推车和自行车的谨慎，婴儿热心相互警告。骑手和他的马被简称为"北背"。

孩子们看到的东西比他们的名字要多，他们表现出很大的勇气，可以接受任何可能为他们服务的单词，而不会浪费时间要求使用该单词。这个企业最活跃的时间是三到四年，那时孩子们的能力超出了他们的承受能力。因此，那年的一个孩子开始捡七叶树栗，对他来说是一种新种，要求母亲对他的发现进行完整描述，将它们分别命名为"甜甜圈"和"可可果"。另一个有轶事可讲泰晤士河和在屋子附近加入的小溪，第一个称为"前海"，第二个称为"后海"。我们无意以事物的名称来自由—只是尽管有障碍，还是要有继续前进的开朗决心。这是一种自由精神，就像我们大多数人梦以求地创作一首歌或即兴舞蹈时所感受到的那样。孩子用他有的手段即兴创作。

当然，这是在很小的时候。再过一会（八点或九点），人们对词的价值有了清晰的认识。于是那个年纪的小女孩告诉她可以买些水果，并希望知道自己的消费限制，她问道："不应该超过吗？" 对于一个没有"最大"一词的孩子来说，没有什么比这更精确和简洁了。再后来，还有一种甜蜜的简洁，看上去几乎像是有意识的表情，就像一个男孩在他的第一所寄宿学校写的那样:"每当我忍不住笑的时候,我都只想着家。"

就像孩子一样,他们之间有着无穷的不同,他们的慷慨程度无异。孩子中最敏感的是一个同性恋小姑娘,她的情感受到最大程度的伤害,而且似乎确实具有其他年龄段以及自己年龄的易感性-例如,如果没有痛苦,她就无法忍受听到自己叫胖子。但是她总是把小伤口带给伤了她的他。她寻找的第一个知己是罪犯。如果您嘲笑她,她将不会把眼泪藏在肩膀上。她以出色的举止承认自己的虚荣心和谦卑。

在该国,最糟糕的孩子们是他们用死刑作为玩具的顽强冲动。在发现一些漂亮的昆虫后,一个温柔的孩子立即叫另一个"死了"。

除非有建议,否则儿童请勿直视天空。当太阳浸入他们身材的狭窄地平线,并达到他们的视线高度时,即使如此,他们也没有太大的兴趣。巨大的云朵直立,阳光在后面,看不到他们的眼睛。年度利益是黑暗。孩子们整个夏天都在白天入睡,日出后醒来,孩子们在窗外的秋天黑暗中发现了一种刺激和恐惧的刺激。嬉戏与未知的黑度,反射和乡村之夜有关。

表达

奇怪的是,孩子们的眼睛很小,它们的智力比成年人的眼睛更好。大卫·加里克的人显然像他们一样全神贯注。智慧的外表是外在的-坦率地说是针对外部事物的。它很细心,因此可以移动而不会产生内心的不安。因为躁动的眼睛是所有事物中观察最少的-它们会因某种干扰而移动。观察者的目光随着它们所看到的生物而移动,有许多停顿和飞行。这是智力的作用,而智力的眼睛则被拘留或变黑。

幽默感的各个阶段,最好由一个孩子表现出来,他几乎没有第二个想法就可以将他的瞬间感觉的形象进行划分。他的朴素大大增加了他的才智。这个孩子是有理性的生物的最后也是最低的,因为在他里面,"理性的灵魂"以光明的最终启示结束了漫长的向下飞行。

他还具有非理性心灵的主要美,即低等动物的单一美。一只好动物的眼睛的简单,完整,一次只有一件是一种伟大的美,并且易于使我们夸大它们的表现力。动物的眼睛充其量只能表现出微弱的表情。他们能够表现出语言乏味或机敏,很快的期望,甚至是怀疑的超然态度,但表现是机械的;旁观者的人类情感补充了其余部分。

在所有这些简单性下,孩子有时也具有理性灵魂的分裂和美味。他的容貌代表着第一,最后和最清晰的人性。他是青年时代的第一人,而他的谦卑人是最后一位。他是人类创造的开始和结果。

在星空下

游戏不是一天中的每个小时，也不是随机的任何一个小时。孩子们的事务有潮流。文明在最刺激的黄昏时间将他们送入床上是残酷的。尤其是夏天的黄昏，是孩子们的嬉闹时刻，让他们感到困惑。他们可能整天都陶醉在心中，专心从事各种封闭的行业，在切碎和捣碎中呼吸困难。但是，当暮色来临时，也会出现守时的荒野。孩子们会奔跑，追逐，并为运动而笑-这确实使他们的精神振作起来。

这意味着狩猎有什么纪念意义，掠夺性黑暗有什么意义？小猫在同一时间变得机警，并在草丛中寻找飞蛾和。它就像一个小鬼，四肢飞跃。孩子们躺在地上埋伏，在模仿狩猎的过程中彼此倒下。

突然的行动爆发被认为是一种蔑视和叛乱。他们的演艺人员很累，孩子们要回家了。但是，由于生命或火灾或多或少，他们为自由受到了一些打击。可能是无能的孩子无能为力的起义，或者征服者的中风；但是在早期的星空下，有一些事情为自由做了些什么。

这不是孩子们的精力与男人的疲倦冲突的唯一时间。但是，男人的精力与孩子的疲倦不一致，这是不能容忍的，孩子的疲倦是在孩子们一起被困的时候发生的，尤其是！在穷人的包围中。

在夏季黄昏下雨的游戏中，儿童最喜欢纸牌。三个小女孩被教给"老佣人"来欺骗时间。其中一个，一个五岁的棕褐色孩子，正在说服另一个人玩。她说："哦，来，和我一起在新女仆那里玩。"

入睡的时间是孩子不朽的时刻。它充满了传统，并被古董习惯所困扰。史前种族的习惯被认为是对人类某些习俗的固定性的唯一解释。但是，如果对这一开始感兴趣的询问者能更好地记住自己的婴儿期，他们将无所求。看到有孩子们沉迷的入睡习惯。尝试在任何一个孩子中克服它们，而他自己对它们的远古时代的信念削弱了你的手。

童年是上古时代，随着时间的流逝和神秘感的传承，永远与催眠曲的聆听息息相关。法国的睡眠歌曲是最浪漫的。里面有一种历史的声音，必须激发任何有想象力的孩子入睡，并具有一种难以估量的感觉；而且歌曲本身很古老。自从传奇开始以来，就在法国的摇篮上歌唱。护士比小时候睡着的曲调和经文还困。十三世纪的欢乐时光在'神秘地睡着了，在孩子和护士的房间里，晚上在一千间被隔离的小房间里。马尔布鲁克将是相对现代的，不是像亚伯拉罕的日子那样遥遥地向沉睡的孩子传唱的所有事物。

如果英国孩子不被许多这样的摇篮曲吓到，他们中的一些人就会睡在奇怪的摇篮歌中。引起人们热爱的种族，向白人孩子唱了原始的摇篮曲。亚洲人的声音和非洲人说服他在热带夜晚入睡。他闭着眼睛充满了外星人的图像。

有两个头的男人

在家庭中通常可以理解，威胁孩子的护士，无论是超自然的还是简单的扫帚，狮子或老虎，都可以。该规则是正确的，因为诉诸恐惧可能会伤害孩子；然而，这常常没有伤害到他。如果他容易恐惧，在没有人类故事帮助的情况下，他将在他们的掌握下变得无助。夜晚将威胁他，阴影将追逐，梦想将抓住他；恐怖本身就牢牢抓住了他。恐惧使他的脉搏跳了起来，他知道如何利用任何思想，任何形状，任何形象来为孩子的心思对他的鲜血和暴风雨负责。"不让孩子受惊"，降低无效的爱；尽管没有人让他感到恐惧，但他还是很害怕。恐惧很了解他，发现他一个人。

这样的孩子几乎不受任何人的轻率和不耐烦的摆布；脉搏平稳，眉毛又新鲜又凉爽的孩子也不可怜。这是一个健康的孩子类似于日本人的观点之一。不论极端的东方人可能在战争和外交领域如何，无论他在伦敦大学的经历如何，或者他的帝国计划如何，都与他在世间未见过的世界有关。他隐藏自己，他隐藏自己的眼睛，假装相信自己在躲藏，他从超自然状态逃跑，并为跑步的乐趣而笑。

一个孩子也受到了威胁，因为他的不守规矩受到了这个有两个头的男人的启示的威胁。护士一定是在紧急挑衅下求助于这个人的。这个男孩，在四年的漫长岁月中，每一年都获得了丰厚的利润，并散发出健康的光芒和色彩，因此拒绝让自己安眠。这种行为是成年人的行为，是在人们后来的自我意识和深思熟虑的岁月中习得的，当时人们为了寻求休息而进行精神之旅，意识到了这一点。但是孩子却被睡眠所追赶，追赶，捉住，惊讶和克服。他没有再睡觉了，只不过是用铁箍和铁棍"合宪"了。这个孩子直到最后一刻醒来都会逗乐自己。愉快地，在寻求娱乐的过程中，他倾向于学习一些习惯或珍惜一些玩具，其中的任何一种都可能会背叛他并让他睡到敌人那里。那么，如果一个知道世界上每个人都渴望自己的和平与快乐的孩子，是否应该在不愿睡觉的头几分钟就大声呼唤陪伴呢？这个孩子快乐，没有为自己想要的哭泣；他用他那激动人心的语调大喊大叫。在许多晚上之后，他被告知这正是吵醒的唤醒方式，可能会使带有两个头的男人露面。

无法解释没有孩子入睡，但是相反，睡眠是为孩子"去"的，小男孩仍接受了惩罚，相信这名男子，并保持了一段时间的安静。

当孩子告诉她在床边可能要寻找的东西时，母亲的内心感到愤慨。她竭尽全力向他保证，没有两个头的男人会打扰那些无辜的眼睛，因为在地球上任何地方都没有这种预兆。没有像给孩子做这些保证那样令人心动的任务，对于这个孩子，他知道实际上正在等待什么预兆！但是她发现他是在笑，而不是在畏惧，只是畏缩，以免这个有两个头的男人应该看到或偷听。这个有两个头的男人成了他的玩耍，所以也许是通过比护士期望的更温和的方式使他入睡。这个人正在利用这个小动物从睡眠中腾出的空余时间，用老年人的不精确语言称其为"入睡"。

这个男孩也不会因为颤抖和私下的笑声而放弃自己的信仰。因为一个孩子可以放所有东西，所以这个男孩把那个可怕的男人放在天花板上，在房间的一个角落里，床帘可能看不到它。如果那个角落没有被发现，恐惧就会变得比乐趣更强烈。"那个男人会看到我的，"小男孩说。但是把窗帘拉到位，孩子独自一人躺着，抱着对怪物在附近的亲切相信。

关于他的男人的存在，他与母亲发生了激烈的争论。这个孩子在那里，因为已经被告知，他在那里等待"顽皮的男孩"，孩子愉快地自责。由于听众的四只耳朵，小男孩的声音有些沉闷，但并没有动摇，除非他的母亲对这个人的存在的论点在他看来很坚决并且有可能获得成功。然后这男孩第一次有点沮丧，同志眼中的神秘之光变得暗淡了。

滑稽的孩子

嘲笑是人类喜剧中不可或缺的一部分，它并没有幸免于儿童的幽默。但是，它们是其他任何玩笑的合适对象。首先，他们是毫无防备的，但除此之外，在此之前，人们可能还以为儿童中的任何事物都无法激发出同样轻蔑的热情。甚至不建议承认坦率的不平等之间。在不平等是自然现象和明显现象的情况下，它对不平等的嘲讽性声明毫无刺耳，也没有任何意义。

孩子们唤起男人和女人的笑声；但是在所有的笑声中，嘲弄的语调比愤怒的语调或神学的愤怒和威胁的语调更奇怪。这些小孩子不得不在他们的日子里忍受，但要在长者的严峻和严肃的情绪中-而不是在游戏中-忍受。奇怪的是，孩子们应该曾经被嘲笑，或者被讽刺为适合的对象。

事情是否已经在英国以外的任何地方以任何形式进行，可能会成为询问的重点。乍一看，在这种令人难以置信的运动方式中，英国艺术和文学似乎很孤独。

甚至在这里，小时候被人嘲笑的东西也可能总是仅仅是父母粗俗的反映。即便如此，即使是最粗俗的父母，也应该在孩子中以刻板的不屑一顾之情来怨恨孩子，这是不容易理解的事情。

约翰·里奇用婴儿的讽刺画来嘲笑他，但并不生气，但很熟悉。的确，那个可怜的孩子首先被他的衣服强加给他的不幼稚的表情所困扰，这使他在没有艺术或自然美的情况下表现出了所有不自然的讽刺。水的确以同样的精神完成了他，用点点点点儿稚气的眼睛和某种形式的脸来形容他，最好的形容是一个胖胖的正方形，上面有两个圆圈-那个丑陋的婴儿的双颊。那是孩子在水时代的重创，将他保存下来，这是当时国内流行的家用火车的最新形象。

尽管他们的情绪高涨，萨克雷和狄更斯也以同样的方式。让孩子们既服务于情感又具有讽刺意味，在这两者之间，两位作家固执己见。撒克雷写着他的势利小人，把自己困在一个孩子身上；没有比他的势利小孩子更糟的势利小人了。不仅有专门针对父母的书中有贪吃的孩子，而且在他的几乎所有小说中都有。在"夫洛夫"中有一个女性势利小孩子，可以被视为一种类型，在"菲利普"中有频繁出现的势利小孩子。不能肯定撒克雷意欲使彭登尼斯自己的孩子成为无辜和免税的人。

在狄更斯的早期素描之一中，幽默的戏剧人物角色中有一个情节，目的是要为一个小男孩报仇，因为缺乏机智，他的父母把他带到河边的一个聚会上。主要的幽默大师使孩子惊厥。这件事是今天的成功，显然是为了使读者感到有趣。在狄更斯的成熟书中，这位滑稽的小女孩模仿了母亲虚幻的昏昏欲睡。

在那天的逃亡页面中，我们对孩子们的一瞥是怪诞的。一个冲床的小女孩对她下流的母亲和女仆的谈话有所改善。婴儿过分凝视；一个小男孩从可怕的恐怖中飞过，可怕的。

著作权

在托儿所中普遍存在作者身份，至少在某些托儿所中。在许多情况下，这可能是一款适合的游戏，而自布朗蒂时代以来，就没有一个没有它的杂志的大家族。所有这些文献的弱点是它的司空见惯。孩子的努力是尽可能多地为读给他的乏味书写一些东西；他容易流利和愚蠢。如果一个足以模仿的孩子也足够简单而不模仿，他可能会写一些不会让我们感到厌烦的幼儿园杂志。

实际上，有时候只有新鲜而勇敢的拼写才能使他的故事走开。但是，"他"几乎不是代名词。女孩是更活跃的作家，而且平淡无奇。如果他们从不读枯燥的东西，他们会写些什么，这是不可能知道的。他们写的是这段话：秃头（那是她的名字）以为她永远不会去姑姑所住的树林，她下了床，把新娘拉上了那只笨蛋。。。唉！她的烦恼还没有结束，那只笨蛋还没走到她想要的地方，而是拒绝了玫瑰巷，而是走了另一条，尽管那是太太。秃头不知道它导致了一个非常深而危险的池塘。那个笨蛋跑进了池塘，太太。秃头是扁的。

为了使包含刚刚引用的系列故事的杂志看起来富丽堂皇，有些混合的广告费力地写了几页："基督的圣像是全世界最好的书。""读汤普森的诗，你就充满了欢乐。""巴拉特的姜汁啤酒是唯一可以喝的姜汁啤酒。""冰的地方。"在不定标题"文章"下，读者被告知"他们有责任不花钱阅读论文。"

一只更年轻的手创造了一个短篇故事，故事中的主人公相信他的妻子和家人相信他的死亡后，主人公返回了他的家。最后一句话值得一提：作者说："我们现在就离开。" 怀特和她的两个孩子享受先生的突然出现。白色。"

这是一篇社论声明："女士们，先生们，论文结尾处每周都会有一篇关于论文习惯的文章。"

总体而言，作者身份似乎并不能提高想象力。在某些早年的习俗中，习俗可能是一个非常强烈的动机-也许与那些拥有特别自由的人相比，严格意义上讲，他们的成长并不是那么严格。与此相对，作为一种幼稚的波西米亚主义，在童年的一个阶段就产生了强烈的反应。一个在国际上长大的孩子，在农民的同伴和他们的游戏中有太多的自由，在许多方言中，他们渴望变得像"其他人"，甚至像其他自卑小说的人一样。几乎是一种激情。欲望随着时间的流逝而消失了，但这使女孩失去了多年的朴素。风格并不总是孩子。

字母

从孩子那里得到的信通常是一封感谢信；有人给他送了一盒巧克力。感恩会加深孩子的风格；但无论如何，一封信是突然的自我意识之际，对孩子来说，比他的长辈所知道的要新。他们会说散文并且知道。但是年幼的孩子却以不同的任期占有他的语言；他不了解他每天所说的话的拼写和书面方面；他不愿听见他们的声音。他对任何单词的种类和性质都一无所知，以至于他发现了第一个随机出现的单词。一个刚露桃子的小孩对他母亲低声说："我喜欢那种萝卜。" 被迫写一封信，孩子突然发现日常生活中的单词一个陌生人。

头脑越新鲜，句子就越呆滞；手指越年轻，笔迹就越长，越起皱，越沉闷。用眼睛的狄更斯评论了这种对比。一个孩子的手和他的脸充满了回合。但他的书面摇摇欲坠和。

没有礼节的尊严，他的话很礼貌。孩子之所以不休，是因为他希望他的同伴听到；但是写信给远方的姑姑，对他可能有一些怪诞的印象，却没有任何灵感，因为他没有头脑就无法想到任何人，无论多么模糊和被遗忘。就像他没有像他那样，闭上眼睛远望他的所有亲戚。没有男孩愿意闭着眼睛给一个被遗忘的姨妈写一些熟悉的东西。他那些思想沉思的长老不仅要求他在这些劝阻下给她写信，而且要以一种无艺术和童稚的方式给她写信。

此外，孩子的思维笨拙。他无法发送常规信息，但在少数代词中迷失了方向："我向他们发送了他们的爱"，"他们向我发送了我的爱"，"我亲吻了他们的手给我。" 如果他停下来告诉他说正确的话，那么他就必须花大力气。可能会引用他的先例来打动每个政治家，这些政治家不记得他是用单数还是复数形式的"人民"一词开始他的句子，而除了他开始时以其他方式结束。纯粹是逻辑上的语法要点完全使孩子困惑。他对这些需要的思想还没有做好准备，就象在运用自己的感官一样。

尽管通常被说成是真的，但幼儿的感觉却很快。这是值得称赞的未经验证的想法之一，不知道为什么。我们已经进行了实验，以比较男性和女性所证明的相对快速度。对孩子们进行同样的实验会产生奇怪的结果，但也许很难做出，因为孩子们不仅会感知得很慢，而且会很慢地宣布感知。所以片刻过去了，比赛输了。即使是业余魔术师，也不会像语法的一点点复杂性那样使孩子的思维缓慢转向受阻。

田野

乡村生活的骄傲是孩子的种姓感觉。乡下的孩子是贵族；他对游戏管理员的关系很满意，不对，但与最有趣的捕鼠者也有关系。他有自己不在一个广场或郊区的完全自觉的喜悦。没有散文家对露台和别墅有如此大的感觉。

至于模仿国家（更远的郊区），它比城镇还差。这是一个散步的地方；而且，一个人自愿行走，思考事务并随着年龄的增长，从永无休止的观察中走出来，对于一个孩子而言，走路的乏味几乎无法测量。这个被迫走路的孩子是唯一的不安的观察者，他们观察沥青，人行道，花园大门和栏杆以及乏味的人们。他很无聊，因为他永远不会无聊的男人。

在收成丰硕的压力和压力下，他处于最佳状态，因为他的一点收获，无论是单纯的嬉戏还是在啤酒花田地上，他都被接纳为男女劳动。在沃州的陡峭农田上，小瓶中装有玉米和葡萄，因此通常期望在田间里将儿童装成5岁的后背和手臂形状的孩子。其中一些是为那些年的收割机制造的，最多只能容纳一个玉米黄穗或两个豆子。您可能会在早上遇到几次同一个小男孩，并且重复多次这样的负荷。此外，瑞士母亲对这种劳工的后果总是很了解。例如，当收集李子时，她在普通的乡村烤箱中烘烤某些圆形的蛋，手臂很难伸过蛋。与之相比，其他地方没有梅子。除此以外，还有来自新面粉的第一条面包，来自玉米的棕色和来自小麦的白色面包。结束一天的马铃薯采摘活动，比在现场燃起一点火和在木灰下烘烤一些收成更合适。葡萄酒不需要任何赞美，也不需要苹果聚会；即使苹果是苹果酒，它们也永远不会刺痛孩子的牙齿。

然而，即使是那些不幸的孩子，甚至从来没有在真实的领域工作过，却被迫改变自己的教育方式而只玩耍的孩子，仍能够通过不规则的篱笆收割来安慰自己。它们对种植的现实意义不容小，但野生植物使它们成为了黑莓。除了打草的乐趣，淡淡的是坚果的乐趣，但至少它们是某种东西。

分开收获，春天，而不是秋天，应该给童年留下美好的回忆。在深秋的秋天，生活在加速，消退，逃亡，逃亡，伪装，躲藏在干燥的种子中，躲入黑暗中。春天的事物的日常进展是给孩子们的，他们看起来很亲密。他们知道苔藓的方式和常春藤的根，他们立即直接呼吸地球的气息。他们有一种可以记住但无法重新获得的位置感，人际关系和过去的感觉。成人习惯的眼睛看不到孩子的眼睛对人格的看法；对于孩子来说，语音和视线的事故具有独立而独特的特征。这种感觉就像他一天在一片森林中或在一周之内在某个湖泊中所到达的那样，以便声音或气味可以在几天后带回去，使人震惊，即使这种单身的感觉也可以细心的小女孩从口音，头转弯，手的习惯，女人的存在中得到。并非所有地方，也不是所有人，都如此迅速地表达自己。孩子知道区别。对于那些充满负荷且呼吸良好的地方，孩子会热情地分辨它们。

一个流浪的孩子使这些记忆倍增，并具有各种各样的记忆。他的心为许多有地方精神的地方提供了空间。冰川可能被遗忘了，但是一些带到山谷头上的小牧场，一个未命名的高地飞跃起来的田野，将在60年后成为人们的记忆。那是一个幸运的孩子，他在遥远的地方品尝了乡村生活，他帮助了孩子，跟随小麦到瑞士村庄的脱粒地板上，在偏僻的托斯卡纳山上犁了维尔吉尔的形状后跌跌撞撞，并在收获后采摘了葡萄。对于葡萄酒将要陈年的日子，您不能提出比年份更好的回忆。

贫瘠的海岸

每年，在如此多的海滩上玩耍的孩子们，即使他们只是模糊地意识到自己的缺乏，也会感到失望，因为他们发现自己的年度玩耍并不是真正的年度玩耍。实际上，对他们来说，这是一年一度的事情，因为他们出于任意原因，每年都会这样做一次，但在季节的重要和自然意义上却不是每年一次，而不是一波三折，不忍耐，不转向没有人知道哪个季节是最高点，秘密和最终目的，没有被重新创造，没有新事物并且没有给孩子任何未加工和不规律的饮食的季节。

沙堡足够好了，它们是长者回忆，修辞学以及他们认为适合年轻人的非常普遍的地方。带状疱疹和沙子是很好的玩物，但是绝对的玩耍并不一定是孩子的理想选择。他宁愿打工。在假期期间要进行的所有初秋活动中，与海滩和海浪的比赛对假期的影响最小。

不是说到处都是荒芜的海岸。伦敦的海岸-围绕英格兰的南部和东部边界-确实是所有海缘中最暗淡的海岸。但是夏天，在泽西岛平缓的海湾上长出了海藻，长长的海浪以高贵的曲线留在海滩上。因为在晴朗的水之下，暴风雨使庄稼收成。海峡群岛的人们会在海里拾拾杂物，并将海藻存放在田里。因此，泽西湾的海滩并不完全是贫瘠的，对农民来说是一片枯死和繁琐的收获。经过一夜的暴风雨后，这些农作物被堆放、搬运和运输，海风从山顶上捕获了散落的碎片。

再往南，如果没有充分利用海洋的生长，那么海岸还没有变。如果您不知道月份，就很难说是在阿尔德伯勒还是在道弗的海洋或一系列海浪是夏季还是冬季的水。但是在那些幸运的地区，它们是南部，但对于冬季而言却不是太南部，因此变化最剧烈，一年中波动最大，冬季和夏季的海域截然不同，并且之间有微妙的差异。春天的蓝色和9月的蓝色。在那儿，您从岩石中沐浴，不受潮汐的困扰，不受寒冷的侵扰，在手指冰冷的时候，头上不会有不协调的阳光拍打。当太阳落山，茫茫的大海没有耳语的时候，你洗澡。您知道可以在远处休息的一块岩石；漂浮的地方，还有乳白色的海也漂浮在上面，在完全透明的水中半透明。在温暖的海里一个小时还不够。在寂寞的海岸上沐浴岩石。一个城市可能只有一英里远，耕种的葡萄园可能靠近海边的松树，但是这个地方非常偏僻。您将帐篷搭在海滩上的任何小空洞上。一位迷人的英国女人，曾经在夏天一动不动的白色夜晚在地中海别墅的大岩石下和孩子们一起沐浴，在她的头发上放上了白玫瑰，还喜欢坐在海上的一块岩石上，月光会照耀着她。摸她。

您会在当天的散文中沐浴在频道中。世界上没有什么比十一点更有趣了。在最佳条件下，这是平庸的时刻；但是在一个半心半意的夏天里，在十一点钟的沙滩上，这是很平常的事情。十二岁的人总是有尊严，在任何地方它的名字都是伟大的。每天黎明的正午时分都充满英勇；但有11个属世。1点钟对饥饿的孩子具有诚实的人类兴趣，夏天下午的每个小时（三点钟之后）都会使生活更加深刻和绕。在阳光下，在风中沐浴十一点，在机器上沐浴，在纯净的海水中，这肯定是不干净的，只有靠礼貌的清洁，才能沐浴在暴风雨中，并且沐浴在总是冷得多的水中匆匆忙忙地在公共场所沐浴，而不是自己。这是对自然对人类最大的乐趣之一。

顺便说一句，泽西岛的海洋比真正的海峡具有更多的真实海洋特征。这些温带的岛屿最好称为海洋岛屿。当爱德华·佩勒龙小时候写诗时，他写了一封信给维克多·雨果，其地址是出于某种考虑。最终决定是指挥它，"胜利者雨果，远洋人"。它到达了他。它甚至收到了答复："我是过去，你是未来；我是，等等。" 如果一个英国男孩也有同样的想法，那么海峡群岛的名字就会宠坏它。"胜利者雨果，拉曼奇"几乎不会引起邮政当局的如此大兴趣；但是"渠道"根本不会受到尊重。的确，这最后的暗示只不过是轮船和内陆的灰色天空-无格式的灰色天空，未经设计，其薄薄的云层被永久风撕成细长的破布。

至于属于海洋边缘的孩子们，在十一点钟时用机械浴很难给他们提供神奇的早期记忆。是时候像其他生命一样，对他们实行悔，不再遵循这一原则。它为他们变得粗俗，变得暴力。一个沐浴的女人，在他们敏感的眼睛里种种丑陋的姿势，大步走过，毫无形状，穿过不友好的海洋，抓住了他们，如果他们还很小，就躲起来，然后回到寒冷的机器中，通常是在无用和多余的咸味中。眼泪。"他们喝了太多水，"可怜的婴儿们。

仍然是孩子们的贫瘠之地。和圣。奥古斯丁，艾萨克·牛顿和华兹华斯没有一个小孩在海边的幻想。

男孩

在经历了多于普通的婴儿期和很小的叛逆的童年之后，十二岁的男孩进入了一个阶段，在此阶段，旁观者可能不太了解，但可能会转移一下印象。

像其他微妙的事物一样，他的立场很难被形容，只能被否定。最重要的是，他不是示威者。当他说他想要一辆自行车，一顶高顶礼帽和一根烟斗时，日子已经一去不复返了。他拥有其中的一两个东西，他毫不犹豫地接过它们。他避免任何形式的表达。他对事物可能感到的任何满足，与其说是对他的举止，不如说是对他的举止感到惊讶。先生。令他惊讶的杰佛斯，在一个不可分割的时刻停止了举止，而不是停顿了他可能即将发生的事情。男孩以同样的方式无法阻止他最无辜的快乐将他逮捕。

至少在他自由的那个城堡，他的家中，他不会忍受（尽管他不承认太多）做任何事情。他的长老们可能会给他尽可能少的命令。他几乎会巧妙地逃避不可避免或不加考虑地施加于他身上的任何事物，但是如果他确实成功地只是推迟了他的服从，他显然已经为自己的救济做了一些事情。他只希望以真诚的态度向他提出问题，就像在某种程度上企图剥夺他的自由那样，就不那么方便了。

关于自己的问题可能会被理解为一种愤怒。但是男孩也像石头一样摆着自己的脸，这也是针对非个人和冷漠的问题。他没有任何意愿提供任何信息。老年人可能不会不喜欢这个机会，甚至有些人为了通过动画回答他们而高兴地提出一些琐碎的问题。这个男孩可能会认为这是"大惊小怪"，并且，如果他有任何激情，他会非常讨厌小题大做。

当年幼的孩子撕开男孩的剪贴簿（虽然尚不知道这是他最珍惜的东西）时，他丝毫没有动容。那是意料之中的。但是当他将被盗的书页救出并交给他时，他放弃了对取回的兴趣；他将无能为力。这样做会损害他的储备的完整性。如果他愿意做很多而不是回答问题，那么他会遭受痛苦而不是问他们。

他爱他的父亲和他父亲的一个朋友，并且为了不影响自己的性情而向他们推销。

他是沉默的游击队员。可能有人猜测他经常被别人比作他的钦佩人。他对此也只字不提，只是对其他人没有做的事作简短的暗示。

当他讲话时，它的词汇量经过了精心缩短。作为作家，他避免单调，男孩也避免变化。他一般不讲语。他的惯用语是某些语音变种在日常用语中最常用和最常用的词。这些都向他表达了他将同意交流的一切。与通过使用可能背叛他的热情话语相比，他通过热情地讲钝语来保留更多的东西。但他的简洁是首要的事情；他几乎把它做成了艺术品。

他不是"快乐"。快乐的男孩举止很漂亮，必须承认这个男孩的举止不太漂亮。但如果不是快乐的话，他就是幸福的。从来没有一个更加混乱的灵魂。如果他沉默寡言，那就没有秘密了。他认为没有什么隐藏的。即使他没有推父亲，也很明显这个男孩爱他。即使他从未将手放在他朋友的肩膀上（而且这件小事他很少做）也很明显，他爱他的朋友。他的幸福出现在他喜怒无常和迷人的脸上，他的野心在他的愚蠢中，以及他一生的希望寄托在痛苦中。这么多的心，没有这么表达的甜蜜，怎么出现？因为不仅那些了解他的人知道孩子的心，陌生人都知道这一点。他不会透露这一点，这是唯一毫无误解和非常明显的事情。

他认为自己明显地走向世界的方式是一种幽默感，带有一定程度的批评和冷漠。他认为世界在他身上可能是神圣的，是勇气和智慧。但是他自以为是，他显然是一个温柔，温柔甚至是精神上的东西，阳刚而天真-"一个好男孩"。除了用他自己的简短语言来描述他之外，没有其他方法。

疾病

幼儿对疾病的耐心在一些小书中很常见，但仍然是一个新鲜的事实。尽管多愁善感，患病的儿童仍然是永久性意外的全部来源。他们在真正的痛苦中自我控制是一个奇迹。也许有人认为，这是一个动荡的小女孩，聪明而野蛮，不习惯于以任何方式应对自己的冲动-这个孩子的方式是哭泣、大笑、抱怨和胜利，而不会挫败自己的性情，毫不犹豫地，她的脸在奔跑中撞在墙上，被割伤，片刻间被痛苦淹没，沾满了鲜血。"告诉妈妈，这没什么！告诉妈妈，很快，没事！"坦率的孩子哭了就哭了。

那个孩子跌倒在楼梯的栏杆上，被迫躺了十天，这样被拉伤但没有受伤的小身体可能会康复。每个动作在一定程度上都是痛苦的；她被囚禁了很长一段时间，陷入困境而束手无策，无助无助，不断地无法屈服于她一生的冲动。一个生命的首要条件是无意识的生物被强加了意识意识。在八岁大的孩子中，有十个白天和黑夜很长一段时间。

然而，在每个小时中，孩子不仅是同性恋，而且是耐心的，没有适应力，而是稳定地辞职，请求少，不愿被送达，发明了她从未使用过的温柔虔诚的小字眼。她说："妈妈，你对我很精致。"

即使在发烧不断变化和骚扰的情况下，一个宽大的孩子也会表现出几乎难以置信的刻意耐心。并不是说疾病是值得信赖的。还有一个孩子，在他短暂的性情中变得无敌，最终武装起来反对药物。正如他分心的长辈们所发现的那样，对武力的最后呼吁几乎是不可能的。但无论如何都是失败的。您可以把汤匙带给孩子，但三个护士不能让他喝。因此，这是最终抵抗的时刻。他提高了革命的水准，将每一个传统和每一个戒律都赋予了它所飞扬的风。他的长辈处境不利。因为如果他们用一把怪异的勺子追赶他，他们的座右铭和命令现在仍然更加怪诞。他致力于绝对拒绝的新颖性。此外，他不相信，他不仅拒绝，他把一切都扔了。告诉药不是那么烂，这个空想家笑了。

除医学外，小病是一种乐趣，也是一种乐趣。"我今天身体不适吗，妈妈？" 以最高的信念和信心要求孩子。

小孩子

文学的婴儿"哭"着，哭得很软弱，事物的不变性未经证实并被认为是理所当然的。然而，没有什么比哭泣更像是哭泣，而不是人类的孩子第一次呼吸时最鲜明的哭声。这是一个匆忙，拥挤的喊叫声，敏锐而简短的，而不是沉闷的语气。在尊重旧道德的前提下，人不会在开始这个世界时哭泣；他只是简单地提高了自己的新声音，就像动物园中的鸟类一样，发出的声音与那里的一些鸭子一样。他在接下来的几个月里不哭。他的强烈呼喊很快就变成了人类所爱的哭泣，但眼泪属于后来的婴儿期。如果几天的婴儿既不哭也不哭，那么几个月的婴儿还太年轻而不能成为同性恋。儿童的快乐终于到了，才是他的第一个秘密。您对此一无所知。第一个微笑（对于睡眠中通常被冠以该名字的抽搐运动不是微笑）是一个不确定的微笑草图，不切实际，但毫不含糊。它伴随着一个单一的声音（如果是清晰的声音将是一个单音节的声音），这是私人音乐节的发声，尽管很难传达。那就是人类欢笑的真正开始。

从生命的第一个两周开始，到它第一次出现，而且忽隐忽现，孩子的笑容开始变得确定，并逐渐变得越来越频繁。保密性以非常缓慢的程度消失，并且干燥变得更加温和。这个孩子现在笑得更加公开了，但是他仍然与那么多散文和诗歌的笑话生物截然不同。他的笑声需要很长时间才能形成。单音节变大，然后变得几乎没有呼吸而被重复。他学会笑的幽默是一种很快接近他然后退出的幽默。这是开玩笑的人的第一个可理解的开玩笑。

婴儿永远不会碰到你的眼睛；他显然没有评论他附近面孔的特征。无论是因为黑发或黑帽子的显眼性，还是出于某种类似的原因，他都将自己的外表，笑声和明显的批评指向朋友的头部而不是面孔。这些是所有婴儿的方式，其性格，父母身份，种族和肤色各不相同；他们做同样的事情。小猫的戏曲有几回合-拱形的跳跃和侧跳，优美的饲养和怪诞的舞蹈-

埃及的神圣小猫在那时曾使用过。但是这些重复并不比所有幼儿学习笑的冲动更相似。

关于后来成长的孩子，我们被告知他对世界的影响；世界对他影响不大。但是他被迫忍受至少所有令世界感到愉悦，困扰或压迫的反射结果。比起男人应该为自己的心情逗乐，让他应该忍受男人的心情更重要。如果他感到难过，那肯定比他的长辈应该感到高兴多了。毫无疑问，儿童应该完全摆脱人类事务。他们可能仅凭正义就可以免除他们无知地承担的重担，而仅仅是在施加于他们身上时，承担可能困扰我们和平的事件和不幸。但是他们很难避免听到声音不清或脸色改变的感觉。唉！使他们感到金钱问题，即使这也不是最糟糕的情况。有一些不承认世俗，生气和争斗的人，他们不知道名字，但改变了他们寻找微笑的面孔。即使对长者的命令，警告，威胁或劝告，他们似乎最不易接近，但他们仍对这种改变敏感。在所有这些方面，他们可能是独立的，但是当他们被蔑视的暴君沮丧时，他们可能会下垂。

因为孩子们的天性是快乐的，但快乐只是一时的冲动，很容易使人感到困惑。他们是同性恋，却不知道有什么充分的理由。当他们向他们提出悲伤时，事情从他们的脚下掉了下来，他们是无助的，无法停留。出于这个原因，所有儿童中最难堪的是那些受薪监护人既不在家庭中也不在公共场所中养育的可怜的孩子，而是在公正无私，奉献和非人格奉献的慈善之地命名的他们在手。他们忍受着无法估量的损失，是孤儿，但他们却永远保持欢乐。他们生活在不变的温度中。分开的巢是自然的，也是最好的。但是可能希望单独的巢穴不易受情绪影响。护士经营自己的私人生意，当生意不景气时，当女教师的远程事务出了问题时，孩子最终会遭受不幸的震动。

婴儿的统一性早在儿童遭受这种无限痛苦的年龄之前就已经消失了；他们已经变得无穷无尽，并以无数的方式感受到了长者照顾的后果。最有魅力的孩子对他们最敏感，不是带着怨恨而是充满同情。可以肯定的是，没有怨恨是童年的优点。我们还要从中学到什么？不是简单，因为它们足够复杂。不感激 因为他们一贯的真诚的谢意使他们成为好人的乐趣很少。不服从 因为孩子天生就有自由的爱。至于谦卑，孩子的夸口是世界上最坦率的事。一个孩子天生的虚荣心不仅是他自己拥有的东西所带来的喜悦，而且是对其他不幸的人的胜利。如果这种情绪还不那么年轻，那将是极其不愉快的。但是必须承认一个事实，一个孩子很快就学会了比较和联系的价值，就感到高兴，因为他拥有的东西比他的兄弟的东西更好；毕竟，这种比较是判断他的命运的一种手段。的确，如果他的兄弟表现出痛苦，他可能会急忙进行交流。但是喜悦的冲动是坦率的自负。

是孩子们的甜蜜和完全的宽恕，他们向造成他们的人，他们没有意识到自己受到冤屈，从未梦想过自己得到宽恕以及对歉意不讨价还价的人道歉。敦促男人和女人学习一个孩子。恩典更加坦白，像孩子一样，他们改变了方向，自学成才。

棕褐色

乔治·埃利奥特在她的一部小说中，有一位性格温和的母亲，她坦白说，当她伸张正义时，她不得不宽恕那些拥有白发的罪犯，因为他们看上去比其他罪犯更加无辜。如果这是一种母子感情的状态，或多或少都是公平的，那么在一个金发碧眼的天使在家庭圈子中很少来访的国家中，对流产的误解一定是什么？

在英国，他是规则，当然是至高无上的。根据商店的幸福信念，他是"英语"，也是最好的，早熟的芦笋和嫩土豆也是如此。在英格兰说"孩子"就是说"金发孩子"，就像在托斯卡纳所说的"年轻人"就是说"男高音"一样。"今晚我有一个小派对，八至十名男高音，来自邻国宫，与我的英语朋友见面。"

但是法国比我们现在的国家更热衷于此。公平和金色的头发在这里很大程度上是正统的，因此并不总是被提及。他们经常被认为是理所当然的。法国不是这样；法国人竭尽所能，使孩子的非凡公平成为他们文学的统治。没有一个法国孩子敢于在一本书（散文或诗歌）中露面而没有蓝眼睛和金发。法国现实生活中的孩子很难逃脱某种敏感性。他可能会问，当所有的情感，所有的纯真，所有的浪漫都被小说的亚麻头发的孩子所吸收时，实际上是个黑头发的孩子有什么用呢？

法国婴儿可能会说，我们的母亲在想像力的托儿所中拥有未实现的理想是多么可悲；事实上，在育儿室里永远幻灭他们是多么的惨！那么对我们来说没有情感吗？他们可能会问。被迫在许多其他问题上恢复对真理的优势的惯例，是否也将不得不在这一点上屈服，并使我们的姨妈与家庭色彩调和？

所有文学流派都在一个故事中。不用说，古典大师们不会屈服于男孩和女孩的肤色；但是一旦出现了浪漫的气味，就摇篮就在那里了，里面没有柔软的头发，没有金色的色调，没有蓝色的眼睛，没有像牛奶和玫瑰一样的白色和粉红色的脸颊。发现现代诗歌之子的维克多·雨果从未遗漏过描写的手法；金发一词就像上世纪诗人字典中被编组参加其名词的所有上司一样不可避免。一个人不会拥有它；就像主人对他的"小语言"所做的迅速反应一样，人们可以听到主人的轻声细语，"让他张嘴"。习惯形容词在以后的文献中也不会失败。它对现实主义者很重要，对象征主义者也很重要。唯一的不同是，在象征主义的法语中，它在名词之前。

然而，现在是时候让那个黑暗孩子的甜蜜开始了。他确实和其他人一样没有孩子气。在他的色彩的强烈影响与他的岁月和他的几个月的柔和之间，有一个相当对立的东西。金发碧眼的男人（男人，女人或孩子）具有和谐的美；头发从肉的色调中散发出来，仅亮几度或暗几度。眼睛的蓝色，脸颊和嘴唇的红色存在颜色的对比，但色调没有对比。整个效果是多种颜色和相同色调的效果。在深色的脸上几乎没有颜色，几乎没有色调。当然，完全的反对者将是黑人和白人。一个漂亮的深色孩子接近了，但是为了进行可爱的修饰，他的白色和黑色的温暖相似，因此一个音色和另一个音色都趋向于棕色。它是对比之美，带有和声的暗示（因为这是和声的开始），它无限可爱。

黑暗的孩子也不缺乏多样性。他的光芒四射的眼睛从褐色的明亮到在光线下看起来像金色，再到褐色的几乎没有瞳孔的黑暗。他的头发也各不相同，以意想不到的触感回应着太阳，而不是金，而是古铜。他的脸颊并非总是苍白。暗淡的玫瑰有时会潜入那里，具有活力的效果，因为您几乎不会从亚麻色浅发中得到粉红色。建议是在夏末，小麦的颜色几乎已准备好收成，并且比春天来的还要深色，更红的花朵（罂粟等）。

此外，黑眼睛通常更明亮-与蓝色或灰色相比，它们可以遮挡更多的液体光线。南部的眼睛通常拥有最美丽的白人。至于幼稚人物的魅力，通常在小南方人中有一个婴儿苗条的身材，至少与金发孩子的圆形外形一样年轻和甜美。但是意大利画家却一无所有。他们拒绝了周围昏暗，灿烂，苍白的小意大利人。他们只有亚麻色的孩子，没有苗条的东西，没有苗条的东西，没有阴影的东西。他们为新鲜的肉和所有可能的新鲜而欢欣鼓舞。所以在富兰德和黑暗的意大利都有。但它不在西班牙。比利牛斯山似乎破坏了传统。穆里略看到黑头的魅力和黑眼睛的纯真，一位英国画家也是如此。雷诺兹将年轻的黑发漆成与最小的金色一样温柔。

真正的童年

这个世界之所以古老，是因为它的历史由连续的童年和他们的印象组成。你六岁的时候是心灵的巨大时光，几乎没有经验，而且会不断健忘。因此，当您母亲的来访者在膝盖上抱住您这么长时间时，当他与她交谈时，长大成人的胡言乱语时，他丝毫没有想到他强加给您的一切。他所说的分钟实际上是什么，由未使用的心来衡量；在他的轶事中，他略带手势的双手紧紧地按了一些心不在，的爱抚，依你的正确值，让你对它感到多么消极，然后感到多么绝望。同时，您对观看他交谈的胡须的剧本感到无比厌烦。

确实，当代时间长短的对比（这种不可避免的矛盾）是一个不小的谜团，世界上从未有过充分的机智来承认这一点。

您深刻地想起了长辈这样的空间的特殊和奇异的持续时间，也许被称为半小时，如此令人深恶痛绝，以至于您和姐姐谈起它来了，不完全是激动，而是仍然是生活中的可怕事实。您最好是要对那些健谈，随和，乐于进取的人们抱怨，这些人掌握了世界的管理权-您的上级。您已经很好地记住了这样一个单独的半小时的持续时间，以至于您实际上至今仍记得它，所以现在当然永远不会忘记它。

关于您在客厅值班时所经历的贝多芬的长度，想知道它是否真的比贝多芬有任何想法要大得多，这很奇怪。您坐着听着，试图在脑海中固定一段话，作为一种中途的标记，故意在将来的听证会中帮助自己度过一段时光；因为您太清楚了，您将不得不再次忍受这一切。您无法对讲道做同样的事情，因为尽管更令人疲劳，但每次讲义或多或少都不同。

当您的长者越过一条特别繁琐的道路时，而您所住或住的每座房屋的短距离内都存在着一条非常繁琐的路，而在他们通常无意识的通常状态下，您会感觉到每英寸。关于一个糟糕的夜晚的时间长短，或仅仅在晚上的清醒时间，成人的话并不能衡量它；他们很难衡量仅在童年时期等待入睡的时间。此外，除了时间长短之外，您还对其他事物感到厌倦，例如街道名称，商人名称，尤其是居住在其中的家庭成员。

你被人们无聊了。没想到您会厌倦自己直系亲戚，因为您爱慕了他们。您也不会对临时访客的新个性感到无聊，除非如上所述，他们抓住了您，并让您如此倾听他们难以理解的声音，并看着他们举止得体的面孔，以至于他们释放了一个比您俘虏的大孩子。但是-这是一个勉强的表白-您已经厌倦了自己的关系；你讨厌他们的帽子。以成人时间来衡量，这些引擎盖被假定不超过合理的持续时间；他们的生活不过是普通的或普通的生活。回顾过去，您没有理由相信您的伯母戴着帽子是美好而无限的时光。但是，从您小时候的感觉来看，漫长而又不断变化和发展的日子，看到的是同样的令人讨

厌的人造花，上面还悬挂着同样的黑色蕾丝。您本来会真心地讨厌自己的脸，但是您故意让自己去讨厌引擎盖。因此，对于礼服，尤其是诸如此类的衣服有一点不合身之处。对你来说，它一直存在，并且没有停止它的希望。您似乎已经意识到这一点了。顺便说一句，如果检查员知道他们的旧衣服对他们来说有多么大，那么小女孩对新衣服的廉价谴责就会减少。

事实是，孩子对不必要的丑陋事物有一种简单的感觉，并且除了的影响外，他们还积极拒绝这种丑陋现象。您已经站起来聆听母亲对朋友帽子的赞美，并用非常明确的话语表达了您的心理抗议。您认为这很丑陋，而丑陋的事情比您自那时以来冒犯了您的更多。九岁的时候，你就是人。尽管您认为自己没有采取措施，但仍然可以对他们的面孔负责。您以严重的理由让他们为自己的衣服作答，这在您以后的生活中已经得到了很好的缓解。卷发，或者年纪太大的时候，你没有怜悯之心。总结一下您讨厌的事物，它们是举止和装饰的古怪，卷发加上过时的或简陋的时尚。太多幼稚的不喜欢被浪费了。

但您钦佩某些事物，却不顾后来学到的美丽规则。在大约七岁的时候，您会高兴地戴着白色小孩手套和鲜红色的手腕的对比。好吧，这不是收到的安排，但是红色和白色搭配得很好，而且它们的分布必须随时间而变。手腕和手套是谁？当然，有些人一定对您所欣赏的色彩束感到苦恼。然而，这不过是当地人的钦佩。您不欣赏整个女孩。您崇拜的她永远是某个年龄的已婚妇女；它虽然褪了色，但也许总是神圣而优雅。她一个人值得站在您母亲的身边。您躺在那里等她的火车的边界，并在玩耍时躲过了机会拿住她的手镯。您为纪念她而创作了散文，并将该散文（出于未知的原因）称为"目录"。她很少注意到你。

华兹华斯不能说太多您对自然的热情。日出前的夏日早晨的光芒对您来说是一种精神上的辉煌，您不希望自己有名字。地中海人在月球的第一感觉下，夏天盛开的平静的南海，到处都是早春，在多雨的街道，田野或海上，留下了古老的幼稚回忆，您尝试着再次看到它们时立即唤起。但是，法国平原上白杨树背后阴暗的黄昏，火车，柳树和最后一道曙光的飞行风景，使您比现在想起要更加痛苦。法国村庄的坟墓上的黑色十字架也是如此；柏树也是如此，尽管广受喜爱。

如果您很高兴成为受国际教育的孩子，那么您在所认识的每个国家的心中都会有很多内心。您对您的国外同胞的英语口音不屑一顾，而您对此不屑一顾。您从充满山谷百合花的瑞士树林和到处都是牛草的英国田野中惊叹不已。您曾经梦以求的风景和阳光，而现在却无法分辨其中许多是旅行的景象和沉睡的景象。你强烈的地方意识使你太热爱和平了。

www.ingramcontent.com/pod-product-compliance
Lightning Source LLC
LaVergne TN
LVHW021740060526
838200LV00052B/3378